ティンクル・セボンスター
4
妖精メルと海の宝石のきずな
菊田みちよ

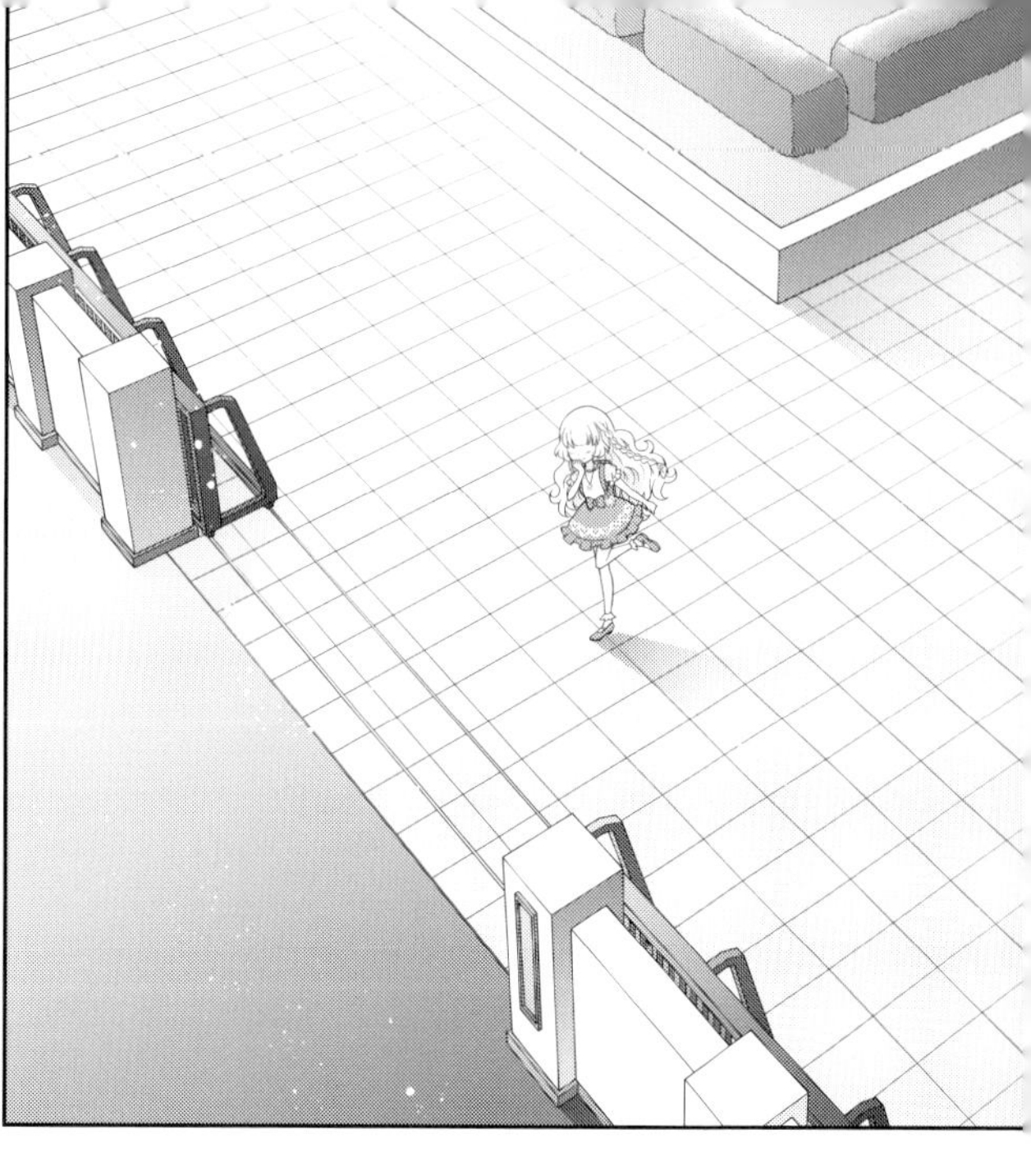

ここはステラ学園。ほうかご、校門にむかってひとりの女の子がかけていきます。
名前は、星アンナ。その顔は、口もとがゆるんで、なんだかうれしそうです。
門をでて、まわりにだれもいないことをたしかめると、アンナは洋服のなかから、そっとペンダントをとりだしました。すると、ペンダントのなかから声が……。

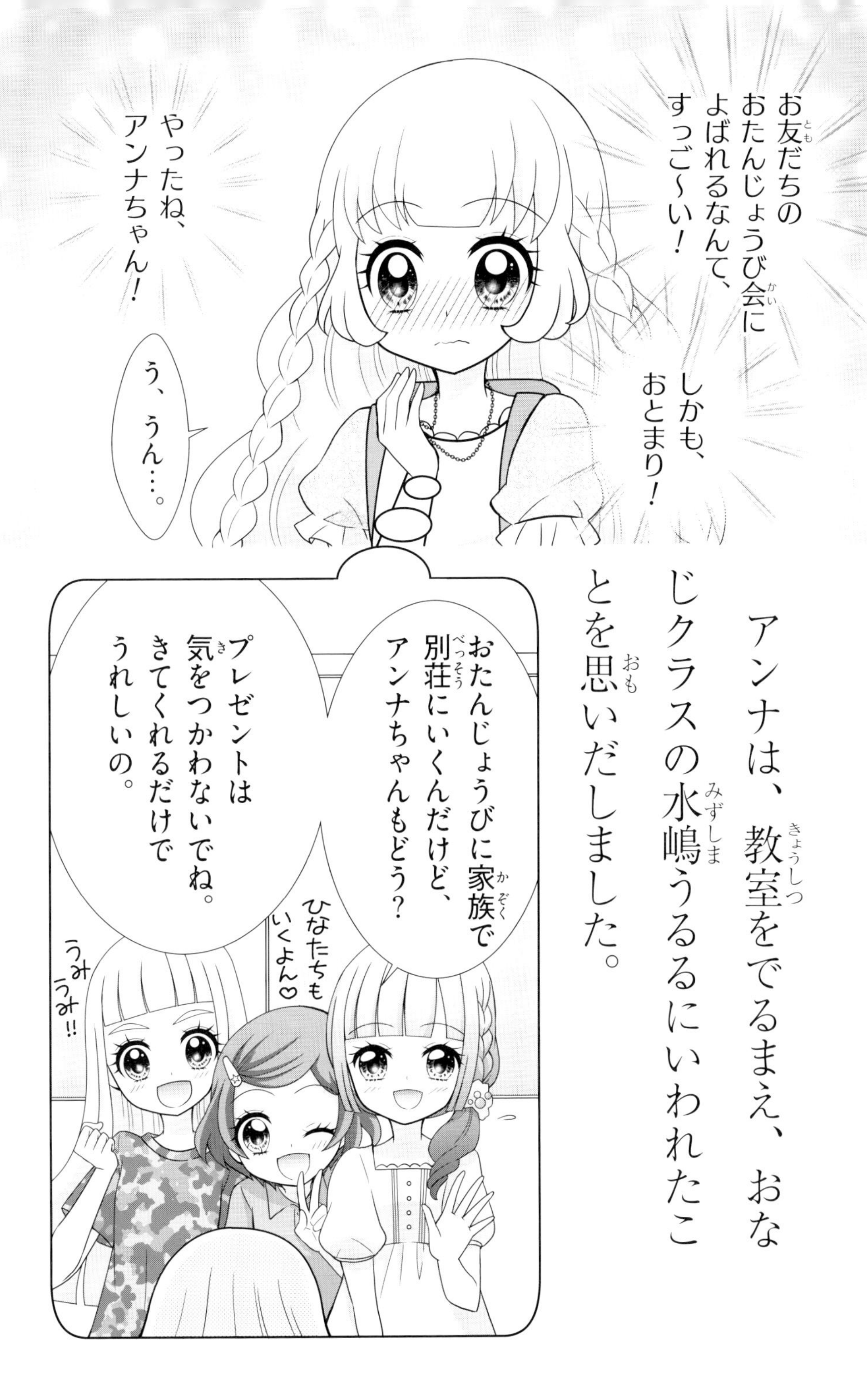

アンナは、教室をでるまえ、おなじクラスの水嶋うるるにいわれたことを思いだしました。

エヘヘ
さそって もらえるなんて ゆめみたい…。
しってるりん～♪
やさしくって～
大人みたい なんだりん♪
アラ
ピリカとは 正反対 ですわね。
水嶋さんって クラス委員で 頭もよくて
みんなの あこがれなの。
ひっこみじあんな わたしにすこしずつ 友だちができたのは、
この子たちの おかげ。
くす
じつは、このペンダントはね
モモ
ピリカ
ビビアン
宝石の妖精 セボンスターなの!
人間界ではペンダントの中に入っているんだよ☆
ここでせつめい!
アンナちゃんと モモは ともに宝石の国の 女王試験にいどむ パートナーなんや!
ぱっ
マロン…。
わかりやすい これまでの おはなし★

ふたりは、人間のピュアな心の結晶ココロクリスタルを七色あつめなならんのやけど…。
チャーミーパクト
いまやっとふたつ。
あと五色！
そのなかでピリカやビビアンと出会ってなかまになったんや！
あ…。
しかし！
黒いゆびわの力で心の闇の結晶ブラックココロクリスタルをあつめようとする動きがあるのは気になるところ…。
ムム…
だいじょーぶっ★
あたしたちがアンナちゃんと合体してへんしんすれば強いまほうだってつかえちゃうんだから！
オーロラダイヤモンド
スカーレットルビー
レモンシトリン
ピリカたちもおてつだいするりん♪
モモはたよりないですものね。
かぁぁ
ハズカシイ…

それに、アンナちゃんは生まれるまえからつながってるあたしのココロビトなんだし！
うん。
モモは、わたしが赤ちゃんのころもっていた心の宝石から生まれたの。
セボンスターの妖精はみんな、もとは人間の心の宝石。
人間のもとをはなれた心の宝石は、かがやきの木をとおして妖精に生まれかわるんだ。
だから、ココロビトの人間と妖精のあいだには強いきずながある。
わたし…、みんなに出会って人間界でも友だちができた。
みんなとならなにがあってもだいじょうぶ！
モモが女王さまになるために、わたしもがんばる！
アンナちゃん～う

アンナはいそいで家にかえると、宝石職人だったおばあちゃんのアトリエにいきました。たなから、道具や石などのざいりょうをとりだします。

「水嶋さんはプレゼントはいらないっていってたけど、なにかわたしたいもの。いそいでしあげなくちゃ！」

「ふふっ。アンナちゃん、うれしそう」

モモのささやきは、アンナにはきこえていないようです。

たのしみにまっていたお休みがやってきました。
うるるの家の別荘は、海辺にあるコテージ。
さわやかな潮風がアンナのほおをくすぐります。

(そうなんだ。水嶋さんって、たくさんお友だちもいて、したわれてるから、わからなかった)

アンナはますます、うるるはじぶんとはちがうなと思いました。アンナは一年生のときから今の学園にいましたが、これまでいっしょに遊ぶようなお友だちはできなかったのですから。

「さぁ、バーベキューの用意ができましたよ!」

うるるのお母さんが声をかけると、みんなはしばふのひろがる庭にかけていきました。

それからは、みんなでバーベキューを食(た)べ、海(うみ)でおよいだり、砂遊(すなあそ)びをしたり。アンナが先生(せんせい)になって、ひろった貝(かい)がらでネックレスづくりもしました。どれも、アンナにとってはゆめのようにたのしく、あっというまに夜(よる)になりました。

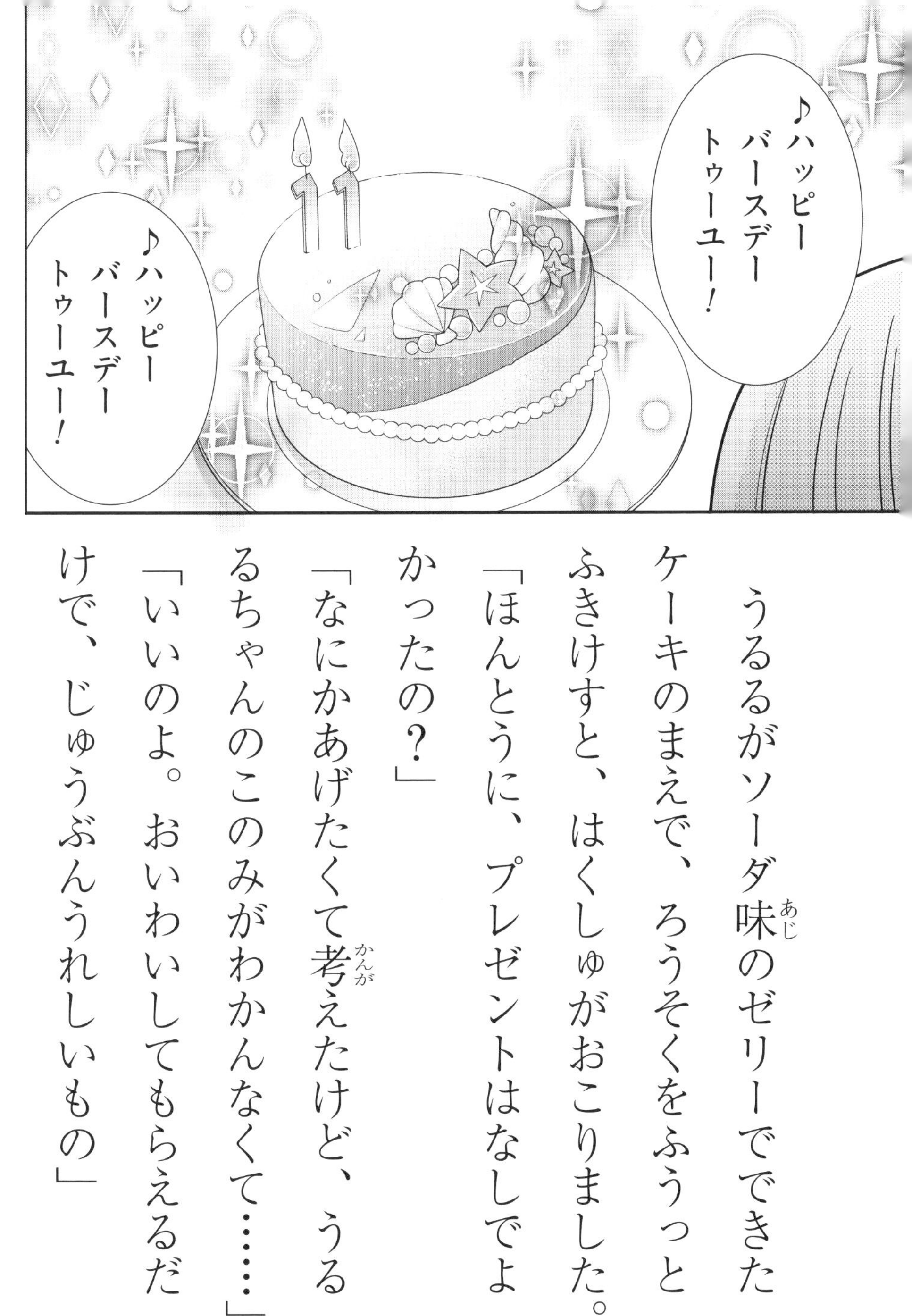

うるるがソーダ味のゼリーでできたケーキのまえで、ろうそくをふうっとふきけすと、はくしゅがおこりました。

「ほんとうに、プレゼントはなしでよかったの？」

「なにかあげたくて考えたけど、うるるちゃんのこのみがわかんなくて……」

「いいのよ。おいわいしてもらえるだけで、じゅうぶんうれしいもの」

「アンナちゃん、あれ、わたさなきゃ！」
ペンダントのなかのモモにいわれて、アンナの心ぞう
は、はねあがりました。でも、勇気をだして……。
「わ、わたし、みんなに
プレゼントを作ってきたの！」
アンナが色ちがいの
ブレスレットをさしだすと、
みんなはわあっとかんせいを
あげました。

きいのことばに、アンナは赤くなりました。

「水嶋さんのはとくべつ……。ほんものの宝石をつかったの。アクアマリンだよ。チャームじゃ子どもっぽいかもって思って」

どうしたら、うるるがよろこんでくれるかと、アンナは夜中までかかって作りあげました。でも、うるるはだまって、ブレスレットを見つめています。

「ご、ごめんね。もっとすてきなものが作れたら、よかったんだけど……」

アンナがふあんになってそういうと、うるるはいつものやさしい笑顔にもどっていいました。

「ううん、とってもすてきよ。どうもありがとう」

夜、みんなで海辺で花火をすることになりました。手もち花火をかざして、はしゃぐひなときいからにげてきたアンナは、すこしはなれて見ていたうるるのとなりにすわりました。

うるるの手には、小さなきんちゃくぶくろと、ガラスのかけらのようなものがのっています。それは月にてらされる海のように、やさしく光っていました。

「きれいだね。それ、水嶋さんのおまもりか、なにか？」

うるるは、にがわらいをうかべると、かけらをきんちゃくにしまいました。

「そんなことない！　石にはふしぎなパワーがあるって、わたしのおばあちゃんはいつもいってた。きっと、そのかけらも水嶋さんをまもってくれたんだよ！」

あつく語ったアンナでしたが、うるるの目がまんまるになっているのを見て、はずかしくなりました。

「あ、ごめんね。あんまりきれいだったから、つい……」

「……ううん。ありがとう。実はね、ずっと思ってたの。

石のかけらがわたしをまもってくれたんじゃないかって。
まるで、人魚のうろこみたいだもの。
これ、みんなにはひみつね」

ふたりは顔を見あわせてわらいました。

うるるのあたらしい一面を見られて、
アンナはうれしくなりました。

そのときです。暗やみから
黒いかげがあらわれ、うるるに
おそいかかったのです。

やみのような黒い毛に、ぶきみに光る金色の目をしたねこは、かけらが入ったきんちゃくをくわえると、にげだしました。

「ダメ！　それをかえして！」

「まってて、とりかえしてくる！」

アンナはおいかけましたが、黒ねこの足ははやく、なかなかおいつけません。でも、見うしなうこともなく、黒ねこはたまに止まっては、アンナのようすをうかがうようにふりむき、また走りだします。

黒(くろ)ねこは、さそうようにアンナのほうをちらりと見(み)ると、宝石箱(ほうせきばこ)のなかにするりととびこみました。

「あの宝石箱(ほうせきばこ)って……！」

ペンダントのなかでモモがさけびます。

「いってみよう！」

アンナはマロンをかかえると、宝石箱(ほうせきばこ)のなかにとびこみました。

アンナたちは、こうずいにまきこまれたかのように、光のうずのむかう方向へながされていきます。

そして、うずの先にたどりついたとき。

ごぽっ

とつぜん、大量の水に飲みこまれ、
アンナたちは息ができなくなりました。
モモたち、セボンスターの妖精もすがたを
あらわしましたが、パニックになっています。

ここは、水のなか!?

どうしよう、みんなおぼれちゃう!

このドロップ、なめて。
息、できる。

アンナたちは、その声のいうとおりに、思いきってその真珠のような玉を口にしました。すると、たちまち息ができるようになったのです！

「た、たすかった……。おぼれるとこやったで」

「あなたがたすけてくれたのね」

モモが声をかけると、岩かげから妖精があらわれました。すきとおった水色の宝石をつけたすがたは、セボンスターのようですが、耳と両足は魚のひれのようなフィンの形になっています。

よかった…。
陸の妖精は、海のなかで息できないって、ほんとだった。
わぁ…
人魚みたい…。
あなた、海の妖精ですわね。
はじめて見ましたわ。
え〜っ♡海の妖精なんているの!?
足がお魚！かっこいいりん〜♪
すっごい〜ん♪
そんなこともしりませんでしたの!?
勉強していればわかることですわよ！
ガーン
!!
とくにモモ！
あなた、女王をめざす身でありながら…
ガミガミ
ガミガミ
あ〜ん
おせっきょうはヤメテ〜っ
びくびく
気にしないで
たすけてくれてありがとう！
あなたは？

わたし、メル。
すごーい！耳もお魚のひれなんだ！
ピリカにも見せてりん♪
うろうろ
宝石にアクセつけてるの？海のオシャレ？
ぷいっ
さっ
あれ？
えっ!?
さっきのドロップ、とけきったらすぐまた息できなくなる。
ごっくん!
そ、そういえば息が…。
苦しい…
あなた！そういうことははやく…
パニック!!
のみこんじゃったりん～っ。
くるしいりんくるし◎△×!!?
心配ない。
シレーヌさまが…

どりんっ
まほ うぷっ
ビエエエーン
……。
フラ〜〜ッ
メルーー!!
おっ
おちつきなさいっ
あーん♡
いっただき〜♪
アンナちゃん、メルがっ…
ギャーーッ
食べられちゃう〜っ!!
ジュパッ
!!
はっ
ヒュ〜ッ
だいじょうぶ!? メル!

妖精からドロップをうけとると、アンナたちは口に入れました。
「あ、ありがとう。あなたは？」
「わたしはムーン。あなたたちを、この海をおさめる大妖精シレーヌさまのもとへつれていくわ。いそがなくては」
ムーンについておよぎながら、アンナたちは目をみはりました。海のなかには、宝石をつけた魚や海草がゆらめき、まるで光のカーテンがおどっているようです。

きれーいっ!!
宝石の国の海なんてはじめて～！
ドロップおいしいりん♪
飲みこむと、また息ができなくなるで～。
りん!?
しらないなんて、あなた、ほんとうに女王こうほですの!?
おかわりももうないわよ。
ドロップを作る貝は、シレーヌさまのところにしか、いないの。
ありがとう。そんな大切なものをくれたんだね。
……。
メルってあんまりしゃべらないよね。
しずかなんですのよ。モモとちがって。
ひそひそ
どーゆうイミよ!?

やがて、海の底に大きな宮殿が見えてきました。まばゆい光でまわりがいっそう明るく見えます。

「すごい！　宝石がいっぱい。まぶしいくらい！」

アンナはため息をもらしました。

なかに入ると、海の妖精たちがやってきます。

ムーン、メルはぶじだったのね。
ムーンのおかげね。
ムーンがいないとすぐ魚に食べられるんだから。

「ムーンって、たよりにされてるんだね」

モモのささやきに、アンナはうるるを思いだしました。

そのとき、アンナたちのまえに長い髪を水におどらせ、青い瞳がサファイアのようにきらめく大妖精があらわれました。

海の都へようこそ。かわいらしい陸のお客さま。
わたしはシレーヌ。海でずっと息ができるようにまほうをかけてあげましょうね。

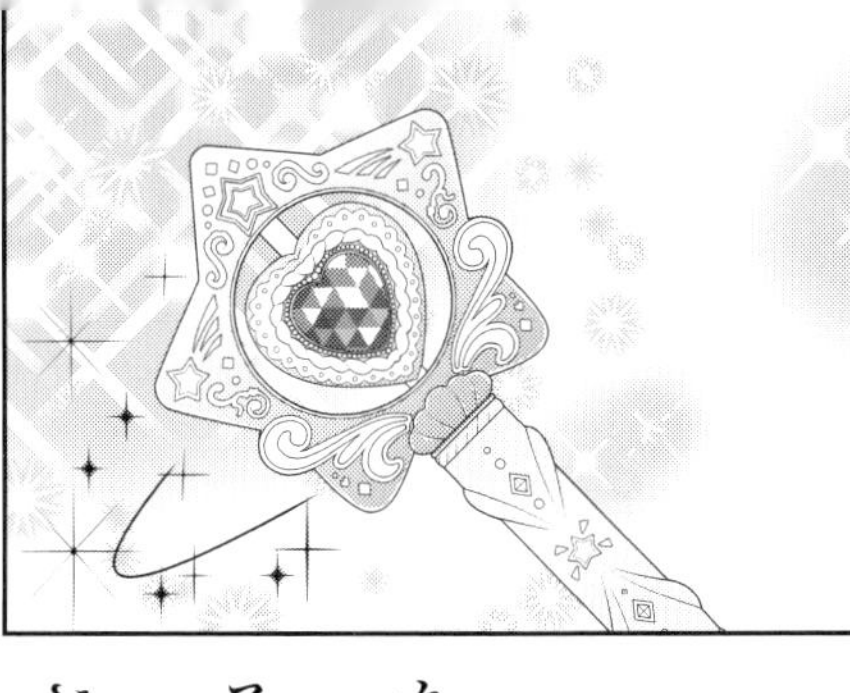

シレーヌはステッキをふると、アンナたちの耳を魚のひれのような形にかえました。パクパクとそのひれがうごくと、さっきまであった息ぐるしさがなくなります。

「すごーい！　あたしたち、ひれで息しちゃってる！」

モモが魚のまねをしておよぎます。

「シレーヌさま、海にあたらしい人がくるとよろこぶ。きっとそろそろ、おどりはじめる」

メルがぽつりといったしゅんかん、シレーヌはアンナ

おどる？

の手をとり、うたいながらおどりはじめました。

「きょうは、お客さまが一、二、三、四、五人も！　みんな、ずっとここにいてもいいのですよ～♪」

そうとう、うかれているようです。

「シレーヌさま。わたしはこれで」

ムーンが頭をさげてさると、シレーヌはやっとおちつきをとりもどして、アンナたちを宮殿のおくへとあんないしました。

「ムーンは最近この海にやってきたのです。剣のうでがすばらしいからみんなをまもってくれて、たすかるわ。とくにメルは……むかしからぼんやりしているしね」

だされたお茶はあたたかいカップにそそがれていて、まるで陸の上にいるときとおなじでした。この宮殿のなかでは、海にいることをわすれてしまいそうです。

「あなたたちは女王試験のこうほ生だったのですね。ベリルは元気にしてらして？」

「ベリルさまをしっているの？」

「もちろん、よくしっているわ。わたしたちはむかし、女王試験をともにした、なかまだもの」

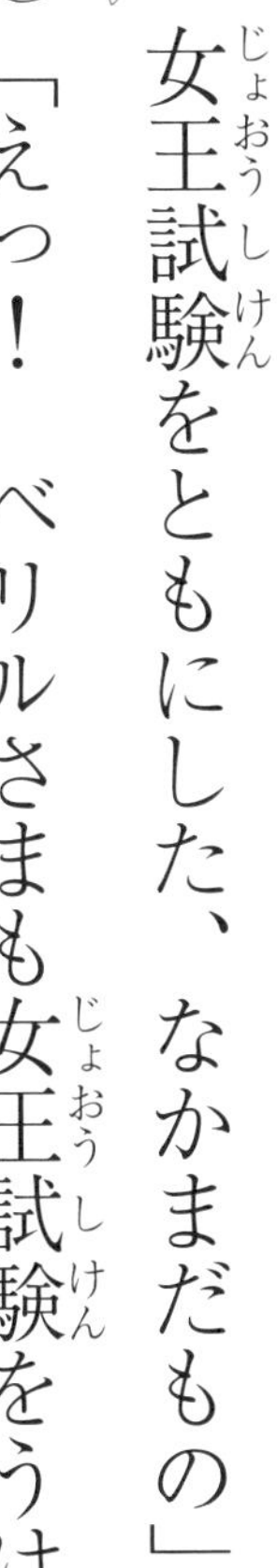

「えっ！　ベリルさまも女王試験をうけていたの!?」

「いいえ。うけていたのは今の女王とそのパートナーの人間よ。わたしたちは、おてつだいしていただけ」

「なんだか、今のピリカたちみたいりん～♪」

「女王さまとモモじゃ、月とすっぽんですわ」

「にてるようで、ぜんぜんちゃうってことやな」

「ちょっと、きこえてるんだから！」

女王をささえていたわたしたちは、
今の女王が試験にごうかくして女王になったとき、
宝石の国を地区ごとにまもる役目をあたえられたの。
見ててね。
スッ
はい。
サァァッ
キラッ
これは地図？
わぁ…
まんなかにあるのはかがやきの木ですか？
こくり
そう。
宝石の国の世界地図よ。

宝石の国は七つの地区にわかれていて、
それぞれを大妖精がまもっているの。
くらやみの森
砂の都
王宮
かがやきの木
風の都
花の都
海の都
わたしは海。
ベリルは、王宮を。
アンナちゃんにも分かるように日本語も入れました☆
\へーっ/
女王はもちろんかがやきの木ね。
そうなんだー。ぜんっぜんしらなかったー。
よろこんでいるばあいですの…。
モモ！勉強がたりませんわ！
わたくしがしどうしてあげましてよ！
どん
シレーヌさまの本…。
ホホホ
まあ、たのしそう♪
えー！
えーと…。
むずかしくてよくわからなかったりん

「あの、わたしたち黒ねこをおってきたんです。ある石のかけらをうばわれてしまって……」

アンナがいうと、シレーヌは首をかしげました。

「ねこ？　海を自由におよげるとは思いませんが……」

「あの息ができる真珠を飲んだんとちゃう？」

マロンがいうと、メルが首を横にふりました。

「あのドロップは海の妖精しかもってない。この宮殿でシレーヌさまがならした貝たちが作ってるものだから」

すると水のカーテンのなかから、二まいの貝がひょっ

こりでてきました。貝たちはぴょこぴょことアンナたちのまわりをとびまわります。

「あはは、かわいい。ペットみたい」

アンナが貝を手のひらにのせると貝はドロップをポコッとはきだしました。

「あら、もうなついたのね。アンナさんには、心をゆるしやすいみたい。それにしても、ねこにドロップをあげた者がいるというのかしら……」

シレーヌはふたたびステッキをふりました。アンナたちの足に、海の妖精のようなフィンがつきます。

「これで、手がかりをさがしやすくなるでしょう」

シレーヌにおれいをいって、宮殿をでると、うしろからメルがついてきているのに気がつきました。

「わたしも、いく。海くわしいから」

「もしかして、てつだってくれるってこと？」

アンナがきくと、メルはしずかにうなずきました。

まず、ききこみやな。海にねこがおったらめだつはずやし。

うさぎもめだってるりん♪

……。

メルって、やさしいね！

ちょっとわかりにくいけど…

けんきょなんですのよ。モモとちがって。

なによ!?

たぶん、こっち…。
フムフム
どどどどっ
!?
な、なんや〜〜!?
イワシの大群!?
あの子ならしってるかも。
あのー。
ちょっとまってー!
あーん♡
しつれいしまーすっ!
だっしゃっ
はぁはぁ
びっくりしたあー!
ん? このつぼって…?
ごめんくださーい。
にゅっ

ワシのひるねの
ジャマするやつは
だれじゃあああ
ゴゴゴゴ!!
キャ———!!!
ごめんなさいっ
ぎゅるんっ
メル!!
ぐいーーーーんっ
ゼェハァ
ぷりゃーっ
ぎゃーっ!!
ものすごーく
足をひっぱられて
いる気がするの
ですけど!?
まぁまぁ
さがそうとして
くれたんだし…。
ねえ。

アンナたちがさがしているものって、
なに？
ズコーーーッ
しらんときょうりょくしてたんかいっ！
ききわすれてたた。
メルっていい子だけど、
かなりマイペース…。
アハハ…
あのね、わたしの友だちが海でおぼれたときにもっていた石のかけらなの。
青色の小さな石なんだけど。
青色のかけら…。
ムーン！
みんなー
シレーヌさまにきいて、わたしもさがしてみたけど、
見つからなかったわ。

「ねこがドロップで息をしていたとしても、効き目はもう切れているはず。地上にもどったほうがいいかもね」

うるるのことを考えると、もうしわけない気もちになり、アンナはうつむきました。モモがはげまします。

「きっとうるるちゃんならわかってくれるよ」

「うん……。人間界にかえって、水嶋さんには見つからなかったっていう。メル、ムーン、いろいろありがとう」

アンナがペンダントにねがいをこめると、体がうすれていきました。そのときです。

メルがとつぜん、アンナにしがみつきました。

「わたしも、いっしょにいく。つれてって」

「えっ！　人間界に!?」

ムーンもにやりとわらいました。

「おもしろそうね。わたしもいきたいわ！」

「ええっ!?」

ムーンまでアンナにしがみついたとき、

まばゆい光がみんなをつつみこみました。

（ど、ど、どうしよう〜！）

アンナがもといた浜辺につくと、手もとにはメルとムーンのペンダントがありました。

「試験に関係ない妖精をつれてくるなんて、ベリルさまにしかられちゃう」

「むりやりついてきたんやろ。あした、宝石の国に送りとどければええやん」

のんきなマロンの考えにはげまされたのか、メルとムーンも声を大きくします。

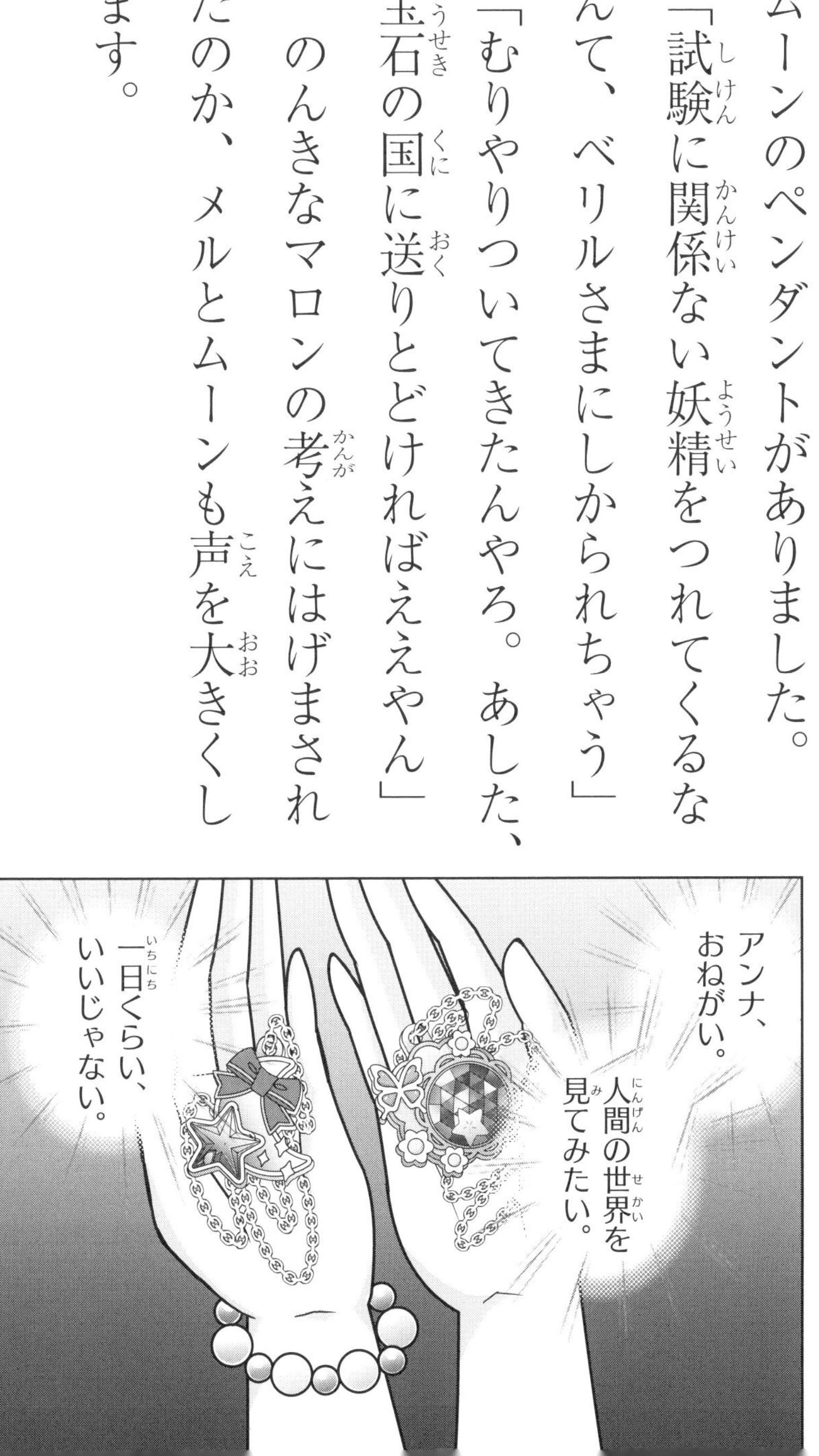

アンナ、おねがい。
人間の世界を見てみたい。
一日くらい、いいじゃない。

「……わかった。一日だけね」

とうとうアンナがおれると、ふたりは大よろこび。

アンナはふたつのペンダントを首にかけます。

(あれ？　ムーンのペンダント、すこしかけてる……)

ふしぎに思ったそのとき。

「アンナちゃん、ここにいたのね！」

うるるたちが、走ってやってきました。

「ごめんね、水嶋さん。かけらは……」

アンナがいいかけると、うるるはいそいでいいました。

「いいの。アンナちゃんがぶじなら、それでいいのよ」

ひたいには、あせがにじんでいます。

海でおぼれたことがあるうるるは、より心配したのかもしれません。

アンナは、さらにもうしわけない気もちになりました。

だから、気づかなかったのです。

「……あれが、かけらのもちぬし……」

ペンダントからもれる、この小さなつぶやきに。

カタ…
ねえ、
あなたなの？
わたしの…。
ぱち
アンナちゃんの
ペンダント？
はぐれちゃ
ダメよ。
スッ
うるる。
やっと
見つけたわ。
うるる、
あなたなのね。
ポウ

う、うそ！ペンダントが…！
フワ…
わたしをわすれてしまったの？
あなたはずっとわたしのかけらをもっていてくれたのでしょう？
声がきこえる!?
かけらって、まさか…。
この石、少しかけている…。
おぼえているわ。
海でおぼれたあなたをたすけたこと…。
宝石の国の妖精セボンスターなの。
ムーン？まさか…。
わたしは、ただのペンダントではないわ。

つぎの朝。アンナが顔をあらっていると、うるるがやってきて、手をさしだしました。そこにあったのは……。

アンナちゃんは
しっているの？
このペンダントの
ひみつを…。

「ムーンのペンダントだわ！」

アンナはドキッとしました。モモもおどろいています。

「ひ、ひみつって……？」

うるるは一息（ひといき）つくと、はっきりといいました。

「セボンスターという妖精（ようせい）が入（はい）っていることよ」

アンナは頭（あたま）のなかがパニックになりました。

ペンダントのなかのモモたちもおおさわぎです。

「え、えっと、それは、その～」

アンナがうろたえていると、うるるは決心（けっしん）したようにいいました。

「おねがい！　きょうは、このペンダント……ムーンをあずからせて！」

アンナはおどろきました。ムーンは、じぶんからセボンスターのひみつをうちあけてしまったのです。しかも、うるるのかけらはセボンスターの宝石で、そのもちぬしがムーンだったとは!

「きょうのうるるちゃん、ずっとひとりでいるね」

午後（ごご）、ひなが口（くち）をとがらせていいました。

人目（ひとめ）につかない場所（ばしょ）で、ムーンとはなしているんだと
アンナにはわかりますが、そんなことはいえません。

「せっかくのおたんじょうび会（かい）なのに、どうしたのかな」

「うるるって、じぶんの気（き）もちはかくしちゃうから。きっ
となやみがあっても、うちらにはいってくれないよ」

「水嶋（みずしま）さん、だいじょうぶかな……」

ちょうどそのとき、うるるがやってきました。

みんなは、思わず話題をかえます。

「おそろいのブレスレット、ほんとうにかわいいよね！」

「ありがとうね、アンナちゃん」

うるるはいっしゅん立ち止まりましたが、決心したようにアンナにじぶんのブレスレットをさしだしました。

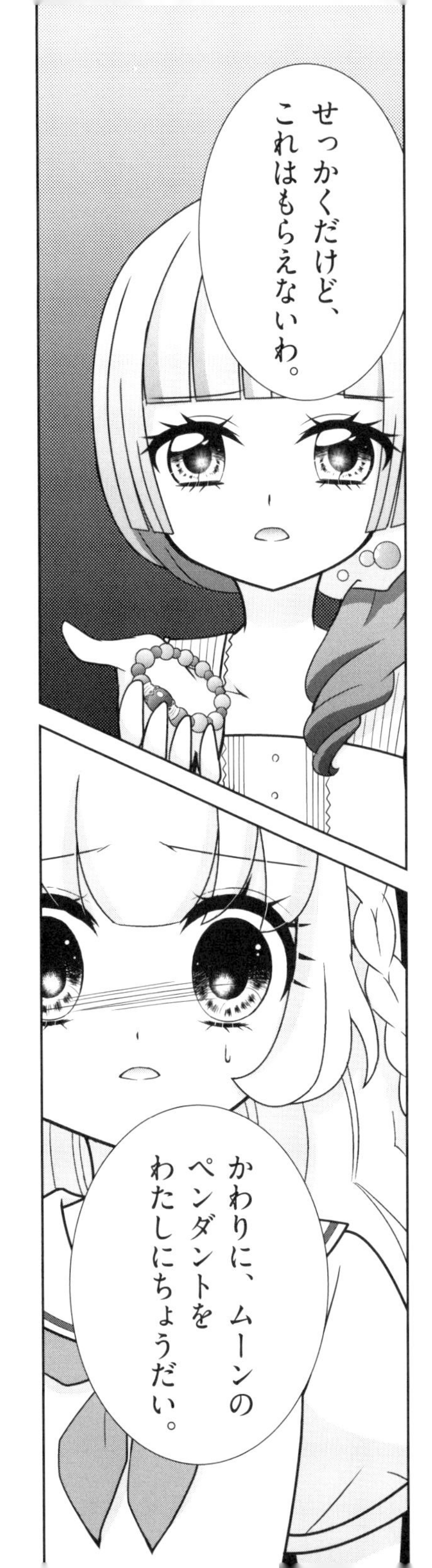

夕方、家にかえっても、アンナの胸はズキズキといたんでいました。こんな気もちは、はじめてです。

「アンナ、元気だして。きっと、理由がある」

「……ありがとう、メル」

メルを宝石の国にかえす予定でしたが、そのまえに、ムーンのことを、ベリルにしらせなくてはいけません。宝石箱にとびこんで、宝石の国の王宮へとむかいました。

ベリルはため息をつくと、おちついた声でいいました。

「人間界でずっとペンダントとして生きるなんて……。シレーヌにしらせなくては。それに、その人間のきおくも、そのままにしておくわけにはいきません」

「あの子に、なにをするの？」

とまどった声が、アンナがもっているメルのペンダントからきこえました。メルは海の妖精なので、陸では、すがたをあらわせられないのです。

「……海の妖精がいっしょなのですね」

ベリルは、広間のふんすいから水をすくうと、
ふっとメルのペンダントにふきかけました。

すると、メルがすがたをあらわしました。

「息、できる」

ベリルのまほうに、みんなかんげき。

「さすが、女王さまが王宮をまかされた方ですわ」

ビビアンも目をかがやかせました。

ベリルは、目をとじて、ふんすいに手をかざします。

「さあ、シレーヌにすべてはなしましょう」

ザァァ…
…そうですか。
しくしく
ムーンがもう海にはもどらないなんて…
さみしいわ。
ムーンはね、もともと陸の妖精だったの。
ある日とつぜんわたしのもとにやってきたのよ。
えっ。
「海の妖精になれる魔法をかけてくださいまし」
そうすればずっと海にいてくれると…。
なにそれ～っ
ムーンって、ちょっと勝手じゃない!?
たしかにずっと海にいるっていったり、
うるるといるっていったり…。
約束やぶっちゃダメりん!
うーん。ムーンにはなにかあるんとちゃうか。
うるるちゃんのことたすけたって話もホンマかあやしいで。
――…。

みんな見て。
ぺりりっ
え…っ！
石がかけてる!?
メル、それ…！
生まれたときからこうだったの。ずっとかけらのゆくえをさがしてた。
うるるのかけらの話をきいて、もしかしたらって…。
それで人間界についてきたんですの？
こくり
やっぱり…たしかめたい。
ほんとにムーンがうるるのかけらのもちぬしなのかもしれない。
しっかり者のムーンのほうがうるるにあってる。でも…。
あのときのうるる、とってもくるしそうだった。

わかった。
いっしょにたしかめよう！
わたしも水嶋さんともう一度ちゃんとはなしてみる。
このままじゃいやだもの。
あたしたちもきょうりょくする！
あきらめるのは、まだはやいですわ。
りん！りん！
かけらも見つけなならんしな。
いいの？わたし、足手まといなのに…。
なんのこと？
ぎゅっ
もう、わすれましたわ。
ベリルさま！人間界にもどります！
くれぐれもしんちょうに…
わかってまーす！

「はぁ。ほんとうに心配ばかりかけて……」
ベリルがため息をつき、
シレーヌはくすくすわらいます。
「なんだか、あの子を思いだすわね」
ふたりは何かをなつかしむような目で、
立ちさったアンナたちのほうを見ていました。

そのころ、うるるは家のちかくの、だれもいなくなった公園でムーンとしきりに話をしていました。

「アンナちゃんのこと、きずつけてしまったわ」

おちこむうるるに、ムーンは強いちょうしでいいます。

「気にすることないわ。だって、アンナはうるるにだけ、チャームのついていないブレスレットをくれたのよ。なかまはずれにする気なのかもしれないわ」

うるるは、すこしさみしそうな目をしました。

「アンナちゃんは、そんな子じゃないわ。でも……」

たんじょうび会のことを思いだすと、いつもみんながすこしはなれたところにいるような気がします。

「転校が多いから、わたしはすぐに友だちを作らなくちゃって、いつもじぶんの気もちより、まわりの子の気もちにあわせるのが、くせになってたの」

うるるは、ことばをしぼりだすようにはなします。

「またひっこすなら、仲よくなりすぎないほうがいいって思ってたけど……アンナちゃんたちといるとさみしいときがあるの。わたしのまわりにかべがあるように感じる。でも、じぶんをだすのはこわくて……」

思いつめたように、うるるはぽつりといいました。

「わたしは……わたしだけ、ほんとうの友だちがいないんじゃないかって思うときがあるの」

そのとき、うるるのまえに、金色の目をした黒ねこがあらわれました。ぽとりと、何かをおとします。

「ゆびわ……？」

「わたしからうるるへプレゼントよ。きっと気もちが楽になるわ」

ペンダントのなかのムーンがにやりとわらいました。

そのころ、アンナたちはうるるの家へむかっていました。するとつぜん、メルがくるしみだしたのです。

「アンナちゃん！　メルの石が……！」

パクトをあけて、ペンダントをとりだすと、きれいな水色だったメルの宝石がにごっています。

ふと目をやると、すぐそばの公園にうるるが立っていました。体からまがまがしいオーラがただよっています。

「水嶋さん、そのペンダントをはずして！」

うるるは、はっとしてアンナの顔を見ました。

「わたしから、ムーンをとらないで！」

はじめてきく、うるるの大きな声。アンナがおどろいていると、うるるのうしろにうらない師のようなすがたの人物があらわれました。肩にはあの黒ねこがいます。

そうです。それがあなたのほんとうのすがた。
ひとりぼっちになりたくなくて、じぶんの気もちをかくしていた弱き生きもの。
やめて!!

うるるの心のやみがひろがったとき、ペンダントのなかでムーンがささやきました。

「わたし、あなたみたいないい子ちゃん、だーいきらい」

そのしゅんかん、じゃあくな気をはなつ、大きな宝石箱があらわれ、うるるはそのなかにたおれこみました。

「この石ころ、かえすぜ」

黒ねこは、うるるのかけらの入ったきんちゃくをなげると、うらない師とともに宝石箱のなかにきえます。

「いこう！　水嶋さんをたすけなきゃ！」

たどりついた先は宝石の国の海の上でした。
波たつ海面から顔をだして、アンナは必死におよぎます。
空には黒いうずをまとった竜。
うるるは心のやみにとらわれ、
魔物になってしまったのです。
ムーン、あなたいったい何者なの!?
石がまっくろ!?

石がくだけると、ムーンのすがたがかわります。話しかたまで、すっかり別人ですが、これがムーンの本来のすがたのようです。そんなムーンを、うらない師がよびよせます。

「よくやってくれました、ムーン。こちらへ」

そのすがたは、まえにベリルがこうほ生たちに見せた
えいぞうの少女とおなじでした。
「モモ、わたしたちも！」
「うん！　へんしんよ！」

心のかがやきを
ひとつにして…！

魔物は前足でアンナをつかみ、
海のなかへもぐっていきました。
シレーヌのまほうは、もう切れてしまい、アンナは息ができません。
くるしくて、もがいていると
もっていたきんちゃくから、
かけらがこぼれでました。

そのとき、メルの宝石がかすかに光ったかと思うと、かけらがすいよせられるように、やってきて……ぴたりとはまったのです！
（やっぱり、かけらはメルの宝石だったんだ！）
宝石がひとつになると、
メルのすがたがあらわれました。
「うるるを、たすけて……」
魔物が声に気づいたのか、
アンナをつかんでいた前足をゆるめました。

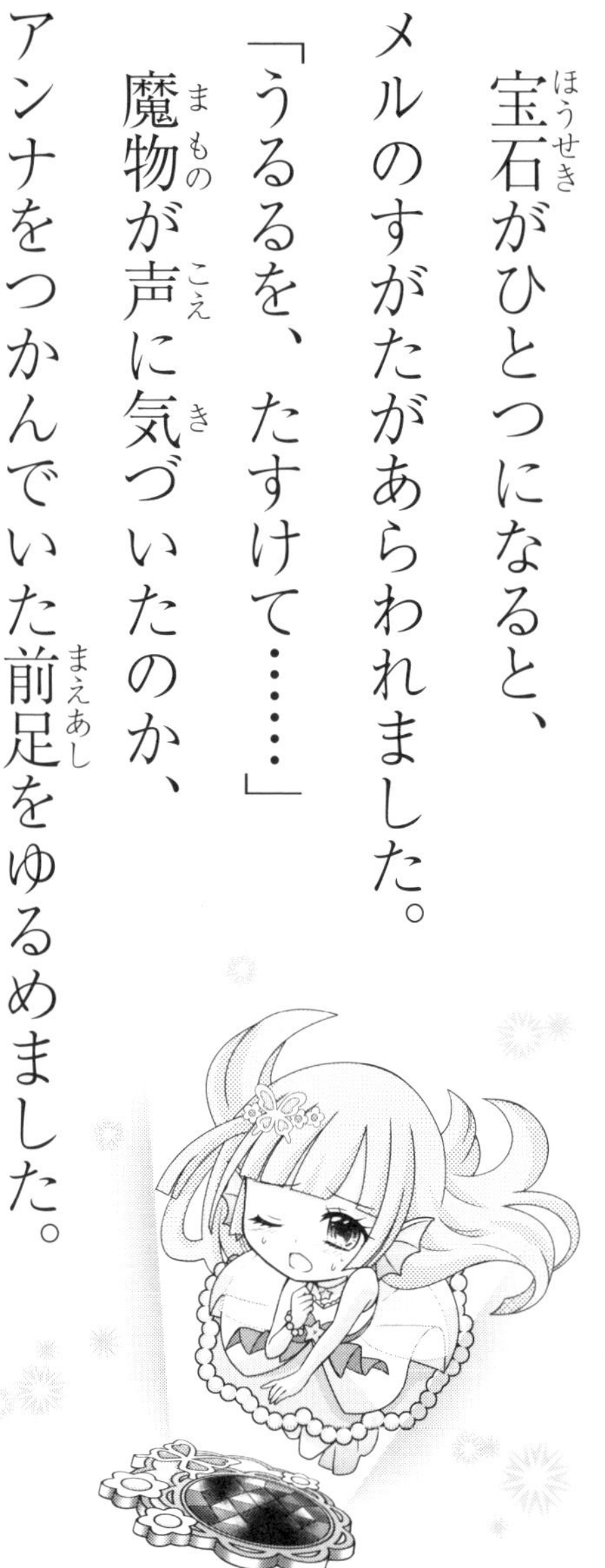

アンナはそのすきにぬけだし、海面へ顔をだします。

「どうしたのですか⁉　はやくこうげきしなさい！」

敵のティンクル・セボンスターがさけびますが、魔物はまよっているようでした。メルが魔物とむきあいます。

わたしのかけら、ずっと大切にしてくれてた。
うるるは、やさしい。ほんとうはこんなことしたくないはず。
耳をかしてはいけません！心のやみにゆだねるのです！

こんらんした魔物が、大きなおたけびをあげ、竜のつめでメルをなぎはらい、尾でアンナを海の上までふりあげました。

「うるる、アンナ……みんなをたすけたい……！」

うすれゆくいしきのなか、メルがねがいをこめたときです。空からひとすじの光がふりそそぎました。

光は、メルの宝石のにごりをけしていきます。

（この光……かがやきの木からだわ。女王さま！）

ステッキのなかのモモがさけびました。

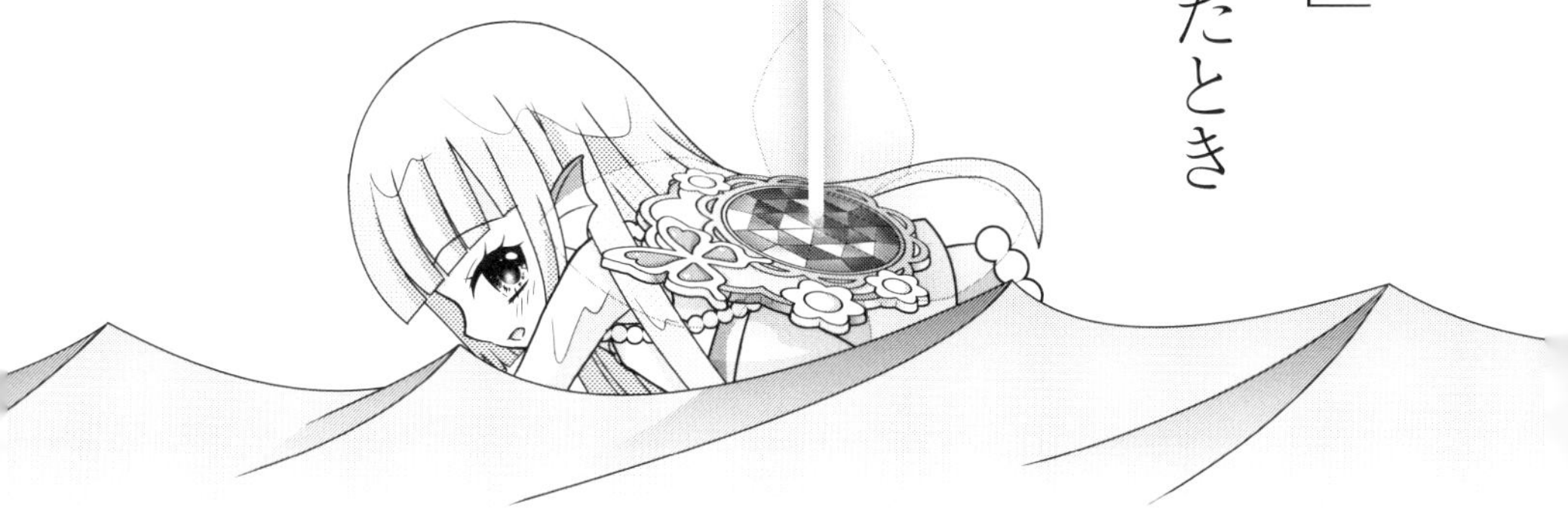

なつかしい……。
これは、かけらのきおく……？
…そう。あのときわたし、
うるるをたすけるために
——……。
パキッ
ンッ
キラ
キラ
「うるる！しっかりして！」
「息してるわ！」
ゲホッ
ゲホッ
あたらしい海の妖精が生まれたわ。
メル……。
きょうからあたらしい学校よ。
あなたもいっしょにきてくれる？

せっかく友だちができたのに、またひっこし…。
しかたないわよね。
最近あたらしい友だちができたの。
星アンナちゃんっていってね…。
きいて！
クラス委員にえらばれちゃった。がんばらなきゃ。
メル。心の宝石がかけるほど、全力でココロビトをまもったあなたは、
とても勇かんでやさしい子…。
女王さま…。
そうだったの。
うるる…。わたしのココロビト…。

メルのかけらのきおくは、アンナにも見え、アンナははっとしました。じぶんがしらないうちに、うるるをきずつけてしまっていたのだと。

「アンナちゃん、まだまにあうよ。うるるちゃんに、つたえよう！」

「モモ……。うん！」

アンナは強くうなずくと、メルに手をのばしました。

メル！力をかして！
アンナ！
心のかがやきをひとつにして
ティンクル・セボンスター
アジュール・アクアマリン！
アンナとモモと合体…？
フラフープのなか
これで海のなかもこわくないっ！

ざんっ
やったれ、アンナちゃん！
うるるからもらったわたしの特性は、やさしさ。
うるるのためにつかうから！
メルの気もちがつたわってくる。
みんなを想うやさしさが
強さになる！
ラッピング・シャボン!!

ばっ
いけない!
アンナ…ちゃん?
うるるちゃん!
ごめんなさい!
わたしもほんとはずっと名前でよびたかった。
でも…、勇気がでなくて…。
ブレスレットも、うるるちゃんはとくべつだって思いこんでた。
わたし、まちがってた。
もっと…いろんなうるるちゃんをおしえてほしい。

わたしも、もっと気もちをつたえるから。
こんなわたしだけど…。
もう一度友だちになってくれる…？
うれしい！
アンナちゃん…。
うるる！
パアッ
人魚…？
もしかして…、あなたは…。

うるるがもとのすがたにもどると、体から光があふれ、水色のコロクリスタルがとりだされます。

うるるのそばには、黒いゆびわがおちていました。

アンナはそれをひろうと、遠くから見ている敵のティンクル・セボンスターをにらみます。

少女は冷たい目をしています。

「わたしの名は、ブラック・シリマナイト。わたしはブラックココロクリスタルの力で、次期女王になる」

「つぎの女王になるって……やっぱり、女王こうほ生のひとり……!?」

アンナはおどろきで、足がすくみました。

「そんなの、ゆるさない！　あなたなんかにぜったい負けないんだから！」

モモがさけぶと、少女はなにもいわず、背をむけてさっていきました。

「モモ、よくいってやりましたわ」

「あの子なんて、こ、こわくなんかないりん！」

「わたしも……モモとアンナをてつだう」

「そうやでアンナちゃん、うちらがついとる！」

ほかのみんなも口々にいいます。アンナとモモは顔を合わせて、力強くうなずきあいました。

「あれ？ うるるちゃんのブレスレット、かわってる！」

つぎの朝、学校のげた箱で、ひなが元気にはなしかけてきました。

「これね、アンナちゃんにチャームをつけ足してもらったの。みんなとおそろいよ」

そういって、うるるはアンナにウインクしました。

まえの日、人間界にもどったうるるとアンナは、いろいろな話をしたのです。おたがいの気もちをいえたことで、もっと仲よくなれた気がします。

なになに？ふたりだけのひみつ!?
あたしたち、心配してたんだから！
アンナちゃんもうるるちゃんももっとひなたちにたよっていいんだからね!!
じーん
ひなちゃん…。
ありがとう。
でもひなちゃんでだいじょうぶかしら？
ぴしっ
ぽそ
なんてね☆
じょうだんよ！
!?
!!
うるるがじょうだんをいったーっ！
うっそーっ
えーんびっくりしたぁーっ
ごめんね？
わたし、みんなと友だちになれてよかった。
少しずつだけど、まえにすすめてるかな？

「かけらはきっと人魚(にんぎょ)のもとへかえったのね。わたしはおまもりがなくても、もうだいじょうぶ」

宝石(ほうせき)の国(くに)やセボンスターのきおくはきえていますが、うるるはだいじそうに、そっとブレスレットに指(ゆび)をふれました。

ブレスレットには、メルがつけていたヒトデのアクセサリーがゆれています。パクトのなかのメルが、くすぐったそうにほほえみました。

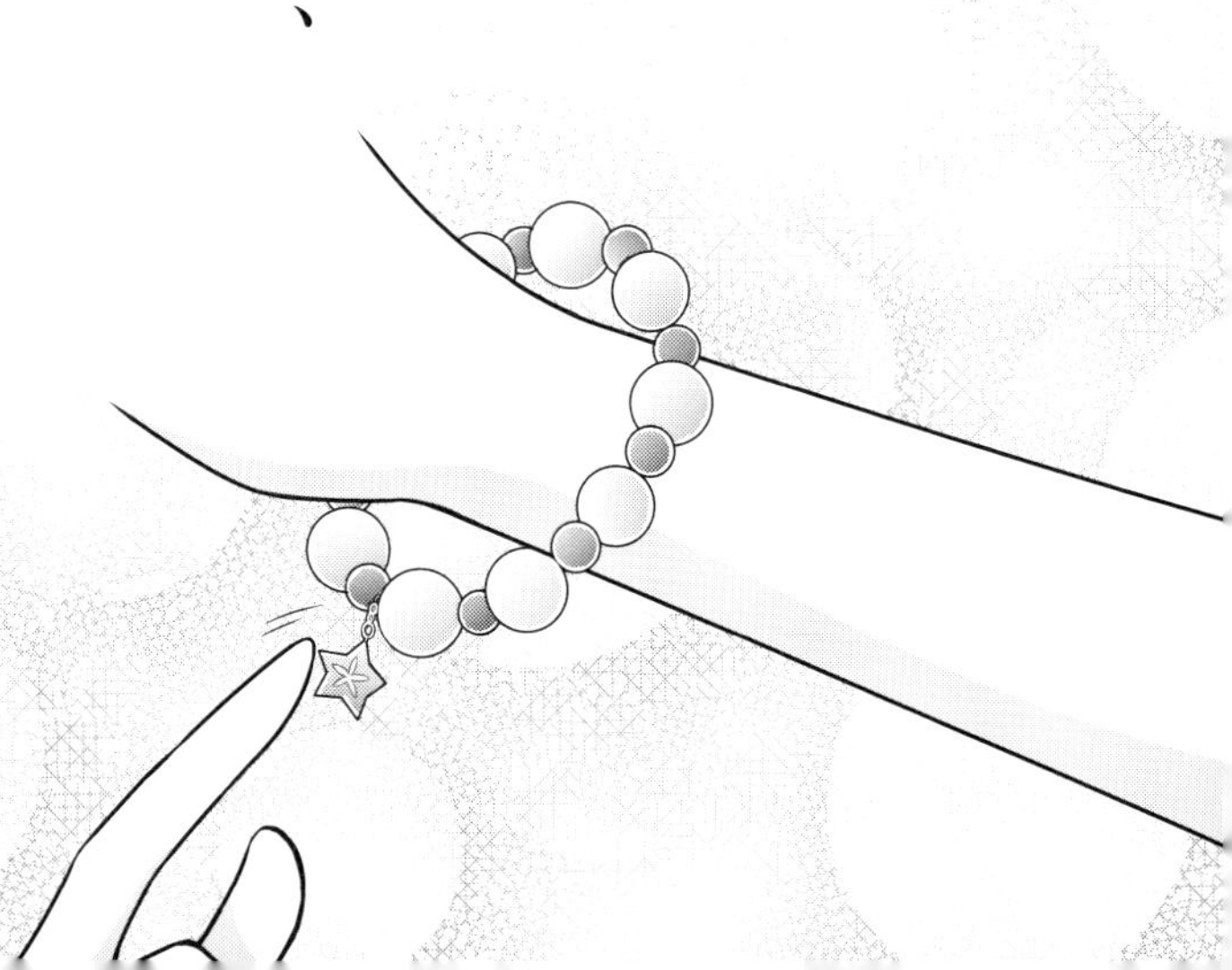

「こんど、みんなで水族館にいきたいわ」
うるるのことばに、みんなもりあがります。
これから先、どんなしれんがまっていても、
わたしには、なかまがいて、友だちがいる……。
そう思うだけで、アンナの心は、
強くかがやくのでした。

まいど、おおきに！
ここは、めいたんてい・マロンがセボンスターの妖精のひみつをあばく、大人気コーナーやで！
メル、たのむで！

ナル

どんな子？

いつもぼんやりマイペース。気もちが顔にあらわれにくいけれど、ひとの役にたつことがすきな、やさしい子。

宝石の名前は？	アジュールアクアマリン
すきな色は？	すきとおった水色
お気に入りのアイテム	真珠のふんわりスカート
とくいなことは？	おいしいお茶をいれること
にがてなことは？	はやおき
さいきんはまってること	タコつぼでかくれんぼ
チャームポイントは？	とろんと、ねむそうなまぶた

人間界にいったら…

食べてみたいもの	ぷるぷるソーダ味ゼリー
やってみたいこと	変顔で写真をとること

妖精のお友だち見つけちゃった★

読者のみんなが、セボンスターの妖精のお友だちをしょうかいしてくれたよ♪どんな子がいるのかな？

おたより、まってまーす！

※いただいたお手紙は、作者におわたしします。

みんなの考えたセボンスターの妖精をぼしゅうしてるよ。妖精のイラストと、妖精の名前、宝石のデザインなどをかいておくってね。みんなの「名前」「住所」「電話番号」もわすれずに！　下のあて先までおくってね。

〒160-8565　東京都新宿区大京町 22-1
株式会社ポプラ社　「ティンクル・セボンスター」係

※いただいたお手紙を書籍に掲載させていただく場合は、事前にご確認をとらせていただきます。

宝石の国の世界地図を大公開！
7つの区域はそれぞれ
どんなところなのかな？

ここは、わたしの生まれた海の都。
お魚と遊ぶの、たのしい……。

食べられそうになってたやないか！

女王試験がはじまるまえ、パートナーのきずなをためすテストにちょうせんした森だね。こわかったー！

でも、モモがいたからごうかくできたんだよ。

アンナちゃん……！

わたくしとひながとじこめられた塔ですわ。モモにたすけられるなんて、ふかくでしたわ！

今回のおはなしにでてきた
セボンスターだよ！
みんなは、どれがすき？

エレガントな月に、
ねがいをこめて★

赤い花から、情熱のかおり。

夜とネコは
ふしぎの世界への入り口…。

ひし形をかさねて、
知的ないんしょうに！

あまくかがやく、
最高のショートケーキ♥

大きめリボンがおじょうさま風。

ペガサスにのって、
空を冒険！

女の子のハートには
カギをかけて★

月と星は、永遠のパートナー。

おはなしの
どこかにでてる。
さがせた人、
すごいと思う。

★著者紹介★

菊田みちよ　きくた みちよ

2月10日うまれ。みずがめ座のB型。
茨城県出身。
多くの雑誌で活躍する、人気まんが家。
好きな宝石は、アメジスト。

★監修★

カバヤ食品株式会社

ティンクル・セボンスター④
妖精メルと海の宝石のきずな

2018年6月　第1刷

著　者★菊田みちよ
発行者★長谷川 均
編　集★潮紗也子
装　丁★岩田里香
発行所★株式会社ポプラ社
〒160-8565　東京都新宿区大京町 22-1
電話（編集）03-3357-2216
　　（営業）03-3357-2212
ホームページ www.poplar.co.jp
印刷・製本★図書印刷株式会社

ISBN978-4-591-15883-8 N.D.C.913 / 96P / 22×15cm

好きな色でぬっちゃおう！　わくわくぬりえコーナー

あなただけのティンクル・セボンスター